Petits bonheurs au travail !

Hélène FAUQUE

Certes, le bonheur au travail
n'est pas une chose facile !
Aussi, je ne peux qu'être fière de
l'avoir connu durant quatorze belles
années chez un d'architecte.

SOMMAIRE

INTRODUCTION	p.5
LE CABINET D'ARCHITECTE	p.10
LES FLEURS	p.12
LES CADEAUX DES CLIENTS	p.13
LES COLLÈGUES DE TRAVAIL	p.15
MES FONCTIONS	p.18
JE SUIS « CHARRETTE » !	p.21
LES PERSONNAGES :	
- ANNIE, LA COMPTABLE	p.27
- SIMONE	p.32
- DENISE, LA SECRÉTAIRE	p.35
- RAYMONDE, LA COMPTABLE	p.38
- THATCHER	p.41

NOS DISTRACTIONS

- LE RESTAURANT   p.44

- À BORD DU VOILIER   p.46

- CHEZ JACQUELINE   p.51

MES MÉSAVENTURES

- LES COURS D'ANGLAIS   p.53

- MA CONVERSATION EN ANGLAIS   p.57

- VISITE A L'ÉVÊCHÉ D'ÉVRY   p.59

- LA TEMPÊTE DE NEIGE   p.61

- LE CADEAU DE MARIAGE   p.63

- MON MARIAGE   p.65

- LA CLINIQUE   p.70

- PLUS DE FREINS !   p.72

CONCLUSION   p.77

INTRODUCTION

Brrr... Qu'est-ce qu'il fait froid ! Et ce vent glacial qui accentue encore plus cette sensation ! Ce n'est pas possible penscit Hélène, tous ces « spoutniks » et cette pollution, la terre n'en peut plus ! On se croirait en Sibérie.

La première chose qu'elle avait faite dès son réveil, c'était d'aller regarder par la fenêtre et là, elle constatait une fois de plus avec dépit, qu'un épais manteau de neige tapissait déjà le sol. Le ciel était d'un blanc laiteux et de gros flocons tombaient sans discontinuité dans un silence bien pesant. Mais où était donc passé son cher soleil qui lui réchauffait tant le cœur. Personne dehors, tout le monde restait calfeutré chez soi.
De toute évidence, Hélène n'appréciait guère ce maudit temps et détestait la neige. Et dire que ce froid hivernal s'était installé en plein mois de mars à dix jours du printemps avec un épisode neigeux qui n'en finissait plus.
Recroquevillée au creux du canapé dans le petit appartement qu'elle occupait en région parisienne, elle essayait de se réchauffer. Elle pensait à la journée bien remplie qu'elle avait connue hier.

Puisqu'elle avait réussi à se faire embaucher chez un architecte renommé, tout proche de son domicile. Fini les 5 années de galère qu'elle avait connues précédemment dans son travail à Paris, ville qu'elle n'appréciait pas mais, pas du tout. Sans compter les maudits et interminables transports en commun qui n'en finissaient pas d'être en retard ou en panne. Désormais, avec son nouvel emploi à Juvisy/Orge, elle allait pouvoir s'y rendre avec la petite voiture qu'elle venait d'acheter : une 4l bordeaux ! Cela lui permettrait de franchir les quelques kilomètres qui la distançaient de son domicile à son lieu de travail en moins que rien. Quel bonheur de ne plus être obligée de devoir plonger dans la foule des galeries Lafayette pour atteindre l'immeuble où elle travaillait ! Elle quittait enfin cette maudite ville.

C'est vrai que la journée d'hier s'était montrée pleine de rebondissements mais, ce qui comptait le plus pour elle, c'est qu'elle ait obtenu cet emploi, c'était là, le plus important. Fini le travail d'archiviste qui était loin d'être enrichissant. Elle s'était donc présentée hier dans un cabinet d'architecte qui proposait un emploi d'hôtesse d'accueil, secrétaire standardiste au sein d'une équipe dynamique.

Arrivée sur les lieux le jour du rendez-vous, Hélène s'était heurtée à une porte d'entrée qui restait obstinément fermée lorsque, de longues minutes plus tard, une dame blonde, d'un certain âge, une cinquantaine d'années à peu près, nommée Simone lui ouvrait et la faisait entrer dans un grand hall. Elle portait de nombreuses ecchymoses sur le visage à la suite d'un accident de voiture et se confondait en excuses de l'avoir fait attendre aussi longtemps, prenant le temps de lui expliquer les soucis qu'elle avait eus. Stressée comme c'était pas possible à la vue de ce visage bleu, Hélène ne prêtait qu'une oreille peu attentive à ce qu'elle disait puisqu'elle avait hâte de savoir ce que l'entretien de ce futur emploi, laissait présager pour l'avenir.

Voici donc mon histoire :

Afin de rattraper le temps perdu, Simone me faisait aussitôt entrer dans le bureau d'un architecte nommé : Rémy. Celui-ci, avant de prendre sa retraite, avait la charge de trouver « la perle rare » pour ce poste vacant. J'apprenais que le lieu dans lequel j'étais appelée à travailler était un cabinet d'architecte en attente de succession pour lequel, il allait y avoir deux responsables à la tête de ce cabinet : un français qui revenait du Congo et plus précisément de Kinshasa et son associé.

Quel bonheur, lorsqu'à la fin de l'entretien Rémy m'annonçait que j'étais intégrée dans l'équipe, quelle délivrance ! J'étais heureuse comme c'était pas possible et le remerciais vivement. Fini la galère sur Paris ! Je sortais avec hâte de ce rendez-vous, afin de pouvoir annoncer à ma famille, cette formidable nouvelle. Je pensais à ma mère qui allait l'accueillir avec enthousiasme. En partant, je me retournais vers ces locaux et apercevais Simone qui de loin, me souriait gentiment.
Lorsque j'avais commencé mon travail dans ce cabinet d'architecte, celui-ci était situé tout d'abord, dans une petite ville proche de mon domicile : Juvisy/Orge, puis, nous avions déménagé dans un vaste et agréable pavillon qui se trouvait à Viry-Châtillon, au calme, et en plus à deux pas de chez moi, ce qui me permettait de rentrer déjeuner à midi.

Cet endroit-là, je l'avais adoré, on y était si bien ! J'avais l'impression de travailler dans une ambiance tellement familiale ! Et puis, après de belles et nombreuses années plus tard, nous devions malheureusement déménager sur la ville d'Évry, lieu que je détestais avant tout et qui fort heureusement n'avait été pour moi que de courte durée, puisque je n'y étais restée que quelques mois. Je dois dire qu'à ce moment-là, l'ambiance avait changé en peu de temps, puisque nous rencontrions des retards de salaire importants et, reconnaissons-le, ma situation financière ne s'y prêtait guère étant donné que j'étais devenue une « maman solo » qui n'avait que ce revenu pour faire face à l'éducation de ma fille, Valérie.

*
* *

LE CABINET D'ARCHITECTE

Il faut reconnaître que déjà, à mes débuts de travail chez cet architecte, j'étais bien motivée. Le premier jour, on me faisait entrer dans un spacieux bureau qui servait de pool dactylos dans lequel il y avait déjà, Micheline, une comptable qui n'était pas gardée, Paulette que je devais remplacer puisqu'elle partait, Denise une secrétaire qui allait rester, et Edmée, une secrétaire qui aurait bien voulu rester mais, qui ne le pouvait pas, puisqu'elle n'était pas gardée.

Je restais admirative devant les locaux dans lesquels j'étais appelée à travailler. Les bureaux étaient situés dans un grand duplex d'un immeuble de standing de trois étages qui se trouvait dans la banlieue parisienne, plus précisément à Juvisy-sur-Orge, dans l'Essonne. Il y avait deux étages (un premier étage pour le personnel administratif (comptable, secrétaires, métreurs vérificateurs, etc...) mais, aussi pour Simone (qui avait son bureau à part). Quant au deuxième étage, il était réservé aux dessinateurs et aux architectes. C'était une vaste pièce, encore plus grande que le pool dactylo, encombrée d'une multitude de tables orientables que je m'amusais à contempler et à compter.

Ce local était vraiment très agréable, il était entouré de part et d'autre par de grandes baies vitrées qui apportaient une note bien chaleureuse à l'ensemble de ces pièces. Là sur la droite, dans un renfoncement, je découvrais avec plaisir mon poste de travail ! Un bel ensemble encadré de vitres mais aussi, de boiseries acajou. Puis, j'apercevais l'impressionnant standard disposé avec soin sur l'accueil. Il proposait de multiples boutons pour lesquels je jetais rapidement mon dévolu pour cet objet qui m'avait tant fait rêver ! Il desservait 6 lignes téléphoniques et j'avais hâte de pouvoir m'en servir.

*
* *

LES FLEURS

Lorsque j'avais débuté mon travail chez cet architecte, j'avais remarqué dans le pool dactylo, la présence de magnifiques fleurs savamment présentées dans un grand vase. Plus tard, alors que je me demandais d'où provenaient ces bouquets, une fleuriste était venue me voir à l'accueil. Elle portait une grande gerbe de dahlias qu'elle me remettait en m'expliquant que c'était une coutume de l'ancien patron architecte, qui avait décidé de fleurir uniquement, une fois par semaine et on ne sait pas pourquoi, le pool dactylo. Je dois dire que peu de temps après, les fleurs de ce grand bureau que personne n'avait vraiment le temps de regarder, avaient totalement disparu ! Cela évitait ainsi une dépense superflue et coûteuse dont on pouvait finalement se passer !

*
* *

LES CADEAUX DES CLIENTS

J'avais remarqué aussi qu'à l'approche des fêtes de fin d'année, une animation inhabituelle se faisait ressentir. Quelle ambiance ! Que d'excitation ! C'était un défilé incessant de livreurs venus des quatre coins de France ! Tous faisaient un ballet incessant devant l'accueil, souvent encombrés par une multitude de colis parfois bien volumineux ! À tel point que le pool dactylo devenait subitement un véritable entrepôt ! Je n'en revenais pas ! C'était un tel envahissement ! Tous ces paquets jonchaient le sol de notre bureau !

Je n'y comprenais rien ! Aussi, la collègue que je devais remplacer, Paulette, encore en poste, m'avait brièvement expliqué que tous les ans, à l'approche des fêtes de fin d'année, il en était ainsi ! « Que voulez-vous, c'était la coutume » avait-elle ajouté ! Toutefois, lorsque je regardais les bordereaux de livraison, je commençais à mieux comprendre la situation puisque ces colis étaient envoyés en guise de remerciements par des particuliers, des entreprises... qui offraient champagne, alcools, chocolats, produits du terroir, etc. Et, ce qui était formidable, c'est que nous devions tous choisir parmi ces somptueux cadeaux, celui que nous préférions.

En ce qui me concernait, compte tenu du nombre de colis qui s'étaient présentés, provenant en grande partie de chez Fauchon, j'avais choisi un cadeau qui me tenait à cœur, celui d'avoir une fois dans ma vie, un produit de ce célèbre commerçant dont on vantait la qualité des produits ! Cela me rappellerait ainsi le temps où je contemplais la devanture de ce magasin luxueux où tout était tentant mais, rien d'accessible ! J'avais donc opté pour une grande boite de chocolats que je comptais partager avec ma famille à Noël.

*
* *

LES COLLÈGUES DE TRAVAIL

Lorsque nos deux nouveaux patrons avaient pris leurs fonctions, il y avait eu un remaniement total du personnel avec une réduction d'effectif. À ce sujet, nos responsables nous convoquaient à tour de rôle afin de nous faire savoir si nous étions gardés ou si nous devions partir. Aussi, nous appréhendions beaucoup ce moment-là. En ce qui me concernait, j'étais persuadée que compte tenu de ma récente intégration dans ce lieu, j'allais devoir partir ! Et pourtant, sur ce point, j'avais décidé de tout faire pour qu'il en soit autrement ! Je ne voulais surtout pas retourner travailler dans Paris et puis, dans ce cabinet d'architecte, je m'y plaisais tellement.

Aussi, lorsque mon tour arrivait, je décidais de parler naturellement de l'intérêt que je portais à cet emploi. Je voulais tellement garder ce poste : il représentait tout pour moi, c'était mon avenir. Je développais à leurs yeux tant d'arguments valables que bientôt, tous deux me regardaient en souriant et m'annonçaient mon intégration dans l'équipe.

Alors là, si vous saviez comme j'étais heureuse, quelle victoire pour moi ! Je n'avais qu'une idée en tête, c'était d'aller prendre un peu de bon temps chez ma mère en m'invitant à déjeuner. Je pourrais ainsi lui annoncer cette bonne nouvelle ! Elle sera folle de joie.

Eh oui, que voulez-vous, dès le départ, et au premier abord, je m'étais montrée particulièrement enthousiasme à l'idée d'occuper un poste très agréable, aux tâches aussi variées que valorisantes. Aussi, pour cela, je mettais donc un point d'honneur à porter chaque jour, des tenues vestimentaires diversifiées qui mettaient en valeur ma silhouette.

Ce qui faisait dire à ma collègue Denise : « Non, mais tu as vu Hélène, regarde de quoi j'ai l'air moi, par rapport à toi qui est si bien habillée et maquillée ! Je ne ressemble à rien » ! Gênée, je m'empressais de la rassurer compte tenu du fait qu'elle avait deux enfants pleins de vie qui ne lui permettaient sans doute pas, de penser autant à elle. Quant à moi, je n'étais qu'une jeune femme de 27 ans, alors célibataire, qui pouvait davantage se le permettre. Je me rappelle que ce jour-là, je portais une robe crème toute boutonnée avec de larges plis couchés sur le devant. J'avais associé à cette tenue, des chaussures aux fines lanières, marron.

Finalement, dans ce cabinet d'architecte, après une compression du personnel et des départs volontaires, notre effectif avait bien été réduit puisque, parmi la gent féminine, il ne restait que : Simone, qui devait solder toutes les anciennes affaires de la succession, Denise, la secrétaire attitrée de nos patrons, Raymonde, la comptable qui remplaçait Annie, et enfin moi, polyvalente puisque : hôtesse d'accueil, standardiste, dactylo. Parmi les messieurs, figurait : Bruno, le gentil architecte, Daniel, l'intrépide architecte, Jacques, le dessinateur passionné de voile et Michel, le dessinateur sans problème.
Il fallait bien sûr ajouter à notre effectif, nos deux patrons : Jean Paul, l'architecte « DESA » qui venait de rentrer de Kinshasa et Jean-Claude, qui devenait son associé.

MES FONCTIONS

Pour les tâches que nous avions à accomplir, Denise et moi, étions alimentées en travail uniquement par nos deux responsables et je dois reconnaître que ces derniers nous avaient rendu la vie facile puisqu'ils avaient su se montrer compréhensifs à notre égard.

Ainsi, Jean-Claude s'adressait davantage à moi, puisque, je devais retranscrire et tirer en énième exemplaires, les comptes-rendus des différents chantiers auxquels il assistait. Plus tard, au lieu de me les remettre sur un brouillon, il préférait me demander de venir dans son bureau afin que je puisse prendre en notes tout ce qu'il me dictait pendant de longs moments. De temps en temps, il s'arrêtait et me racontait des anecdotes drôles et amusantes qu'il avait rencontrées au cours de ses visites de chantier. Alors, le temps passait agréablement et bientôt, je me dépêchais de regagner mon accueil afin de reproduire les notes que j'avais prises puis, les tirer en grand nombre, qu'il remettait ensuite aux entrepreneurs présents au prochain rendez-vous.

Quant à Jean-Paul, il me confiait de nombreux dossiers d'interventions qu'il avait faites auprès de particuliers, me demandant de calculer le montant des honoraires qu'il devait percevoir. Tout cela était entrecoupé d'appels téléphoniques parfois incessants, que je devais leur passer à l'aide de mon fidèle standard. Et, ainsi de suite, le temps s'écoulait à une vitesse vertigineuse entrecoupé par la joyeuse sonnerie d'un téléphone qui souvent clignotait inlassablement.

Je dois dire que dans mon emploi, les tâches étaient si nombreuses et diversifiées que franchement, je ne pouvais pas m'ennuyer. J'évoluais donc parfaitement bien dans mon poste.

Il arrivait parfois que, Bruno, un autre jeune architecte salarié, récemment intégré dans l'équipe, m'alimente quelque peu en travail de frappe. Diplômé DPLG, il n'hésitait pas à me demander de lui taper de temps en temps des notes personnelles. C'était un garçon sympathique, au caractère franc et depuis son arrivée, il donnait l'impression d'être lui aussi « un bûcheur ». Donc, ce jour-là, j'arrivais plus tôt que prévu à mon bureau pour taper ses documents, afin de ne pas empiéter sur mon temps de travail. Cela ne me dérangeait pas et ce n'était pas fréquent, aussi, c'était toujours avec plaisir que je lui rendais ce service.

Dans ce cabinet d'architecte, il y régnait un climat « bon enfant » et nous avions la chance de travailler dans un cadre agréable mais aussi, dans un calme absolu parfois, entrecoupé d'éclats de rire qui nous réchauffaient le cœur. Cette vie-là, je l'adorais aussi, tout comme mes collègues, je ne pouvais que donner l'image d'un travail appliqué.

*
* *

JE SUIS « CHARRETTE » !

Et puis, arrivait le moment tant attendu où nos deux responsables nous réunissaient pour nous annoncer l'arrivée d'un nouveau chantier bien prometteur, qu'un promoteur immobilier venait de leur confier. Nous étions alors tous réquisitionnés et pouvions alors prononcer avec fierté le mot : « je suis charrette » !

Lorsque nous disions que nous étions « charrette », il y avait soudain, une effervescence inhabituelle dans les bureaux. Eh oui, le mot « charrette », mot fatidique que nous redoutions tant, de crainte de ne pas réussir. Puisque, nous avions la lourde tâche de devoir remettre en temps et en heure, au promoteur immobilier, alors à l'origine de ce nouveau chantier, le cahier des charges et le somptueux devis descriptif, travail conséquent qui devait être impérativement terminé pour une date fatidique. Sinon, l'important chantier qui devait se profiler à l'horizon, risquait de nous « filer sous le nez » et être confié à quelqu'un d'autre. Alors, pour ne pas perdre de temps, nous nous mettions très vite à la tâche.

Ainsi, lorsque nous étions « charrette », Denise et moi étions accompagnées par le cliquetis incessant d'une machine à écrire électronique IBM qui s'étalait largement sur notre plan de travail, et là, nous tapions inlassablement des mots magiques sans jamais nous arrêter, mettant un point d'honneur à rendre un travail irréprochable et terminé à temps.

Vous ne pouvez pas vous imaginer ce que le mot « charrette » représentait pour nous, « les dactylos » ! Nous adorions ces moments-là, où nous devenions les reines de nombreux jours, où personne n'osait nous contrarier, où tout le monde était aux petits soins avec nous, plaisantant et nous charriant tout en nous complimentant.

Lorsque, nos collègues s'inquiétaient de savoir où en était notre « labeur », Denise et moi, comédiennes au grand talent (sachant que nous avions terminé notre tâche), nous minaudions hypocritement : « on ne sait pas si cela va être terminé à temps », puis, l'air désinvolte, nous abandonnions lâchement notre machine à écrire pour nous délecter de viennoiseries et de chocolats offerts généreusement.

Une fois que nous avions prononcé cette phrase fatidique, le doute planait chez chacun de nos collègues. Ainsi, Daniel, effrayé par ce qu'il venait d'entendre, tournoyait inlassablement dans le pool dactylo, scandant comme un éternel refrain « alors, ma petite Hélène, alors, ma petite Hélène » puis, s'arrêtait et, sans attendre la réponse, repartait, envahi soudain par l'idée lumineuse qui lui manquait !

Ce qu'il y avait de terrible lorsque l'on était « charrette », c'était le rythme infernal qu'il fallait adopter sans jamais s'arrêter ! Ainsi, du jour en lendemain, tout le monde était consigné et nul ne devait quitter ces lieux tant que le travail n'était pas terminé !

Ce jour-là, au secrétariat, après 18 heures, Denise et moi, devions juste faire un aller-retour à notre domicile afin de nous contenter d'un frugal repas, pour revenir ensuite sur notre lieu de travail afin d'affronter l'épreuve la plus terrible, celle de taper sans discontinuité, pendant des heures et, dans un silence de plomb, des pages et des pages d'un interminable bréviaire !

Ce qui m'inquiétait le plus, dans ce jeu impitoyable qui durait bien au-delà de minuit, c'était de constater qu'au fur et à mesure que des mots magiques s'alignaient sur le papier, le temps s'écoulait très vite mais, l'épaisseur de ces documents diminuait peu, laissant présager un échec impardonnable. Aussi, je m'acharnais sur ma maudite machine, espérant la rendre encore plus rapide.

Denise, de temps en temps m'interpellait pour me demander d'une voix basse : « Hélène, tu ne dors pas, tu n'as pas sommeil » ? Je prenais alors le temps de m'arrêter et de la regarder trente secondes afin de voir pourquoi elle avait la voix si basse (au cas où elle se serait assoupie), puis, lui répondait par la négative avant de me replonger rapidement dans une frappe insupportable.
De leur côté, les architectes et les dessinateurs étaient plongés dans un mutisme total, envahi par la terrible idée de ne pas avoir terminé à temps.

Nous tapions ainsi dans un rythme effréné, jusqu'à ce qu'aucun mot ne soit laissé à l'abandon sur le brouillon. Il était alors plus de minuit ! Poussant un « ouf » de soulagement, nous pouvions alors parler librement et nous apprêter à regagner notre domicile. En bas, au sous-sol, nos collègues allaient devoir passer une « nuit blanche » afin de pouvoir terminer plans, maquette, etc... nécessaires à ce nouveau projet. Ma collègue et moi, sortions dans une rue quasi déserte, plongée dans le noir, et prenions notre véhicule respectif afin de pouvoir enfin rentrer chez nous. Ce jour-là, une courte nuit s'annonçait !

Lorsque le mot « fin » résonnait pour nous tous, le soulagement et la joie se lisaient sur le visage de chacun d'entre nous ! Alors, en cet instant magique, nous nous empressions d'aller remettre religieusement sur la grande table réservée à cet effet, un cahier des charges et un devis descriptif, tous deux flambants neufs, accompagnés comme il se doit, d'une superbe maquette que je prenais enfin le temps de contempler.
Eh oui, nous avions vécu tous ensemble, une formidable aventure qui s'était déroulée dans la joie et la bonne humeur et nous étions vraiment fiers de nous !

Toutefois, le lendemain matin, alors que je regagnais comme d'habitude, mon lieu de travail, une surprise m'attendait ! J'étais accueillie par une horde de collègues tous surexcités qui hurlaient : « on a faim, on a faim ». Il y avait même en tête de cette manifestation : Jean-Paul, qui me tendait un billet afin que j'aille acheter pour tous ces affamés, des croissants tous chauds.

Quelque peu réconfortés par ce petit déjeuner, les dessinateurs et architectes quittaient aussitôt le bureau pour rentrer chez eux, s'accordant une journée de repos bien méritée après la nuit blanche qu'ils venaient de passer. Le calme revenu, je me plongeais dans la relecture du cahier des charges et du devis descriptif afin de voir si « une perle rare » ne s'était pas glissée !

Et ainsi, j'évoluais dans ce monde merveilleux comme une princesse, sans m'inquiéter de rien, poursuivant tranquillement mon chemin !

*
* *

LES PERSONNAGES :

ANNIE, LA COMPTABLE

Il y avait Annie ! Une jeune femme aux cheveux roux, comptable de son métier qui remplaçait Jacqueline. On ne sait pas pourquoi, mais, cette personne avait la particularité de traiter son mari plus bas que terre !

Ainsi, lorsqu'elle arrivait dans son bureau, elle empoignait soudain le combiné d'un innocent téléphone pour appeler son mari et là, tel un taureau dans une arène, elle allait bientôt déverser sous nos yeux ébahis, un flot de paroles insensées, continuant d'aiguiser ses cordes vocales auprès de cet être en détresse, vociférant et hurlant au monde entier. Elle entonnait ainsi, l'éternel refrain de l'épouse insatisfaite.

Tandis que Denise, avec son franc-parler, me disait d'une voix lasse : « Hélène, écoute-moi bien, si cela continue, cette femme avec ses hurlements, elle va tous nous faire crever » ! Quant à moi, je songeais à la lettre de démission que j'allais devoir donner si l'éternelle romance qu'elle débitait chaque jour sous nos yeux attristés, devait se prolonger ! Tous les murs des locaux en vibraient encore et nous étions gênées de voir à quel point elle se donnait en spectacle.

Le calme revenu, elle reposait sèchement le combiné et traversait alors à la hâte le long couloir qui séparait son bureau de l'accueil. Elle entamait ainsi, une marche impitoyable en direction du pool dactylos, martelant durement le sol de ses talons bottiers, pensant pouvoir se divertir quelque peu avec nous ! Mais, nous appréhendions sa visite après de tels éclats de voix. Toutefois, lorsqu'elle rentrait dans notre bureau, elle savait se montrer calme et souriante, faisant mine de « comme si de rien n'était », s'asseyait près de nous et nous observait sans mots dire. Franchement, je ne la comprenais vraiment pas !

Un jour, elle nous avait invitées, Simone, Denise et moi dans un restaurant italien d'un centre commercial bondé comme à son habitude. Là, encore une fois, elle était d'un calme olympique, parlant de choses et d'autres avec Denise. Simone, d'habitude à l'aise, restait sur la réserve et se montrait particulièrement silencieuse, se contentant de l'observer sans la contrarier. Quant à moi, j'en faisais de même, n'osant ouvrir la bouche que pour déguster ma délicieuse pizza, de crainte de déclencher une alarme fatale. Le repas s'était déroulé ainsi et Annie semblait ravie des trois nouvelles copines qu'elle s'était faîtes, à notre insu !

Aussi, voyant qu'elle avait un comportement normal à notre égard, j'avais accepté sa proposition de m'emmener à l'approche de Noël, faire un petit tour dans un centre commercial.
À mon grand étonnement, Denise refusait de se joindre à cette promenade, prétextant une tâche ménagère de dernière minute. Cela m'étonnait mais bon, cela pouvait arriver ! Sur ces entrefaites, Annie et moi, arrivions dans le centre commercial où nous déambulions de boutique en boutique, un sandwich à la main, profitant de ces heureux instants. Nous bavardions gaiement et tout se déroulait normalement bien lorsqu'à un moment, elle m'entraînait vers les galeries Lafayette où la cohue au moment de Noël était redoutée par un grand nombre de clients, tant l'attente était longue.

Et là, je m'apercevais qu'elle avait décidé de me prendre pour un « pion », puisque tel un jeu

d'échecs parti à l'aventure, je devais rester statique derrière une longue file de clients qui attendaient derrière une caisse, pour s'acquitter de leurs achats. Quant à elle, de son côté, elle tournoyait de rayon en rayon, semblable à une reine abeille, puis, venait me rejoindre chargée de paquets et là, sous l'air ébahi d'un grand nombre de personnes, elle prenait hypocritement ma place et me renvoyait derrière une autre caisse ! Comme cela, elle avait évité une attente interminable grâce au « pion » Hélène. Et, elle procédait, ainsi de suite jusqu'à ce qu'il soit enfin pour nous, l'heure de repartir sur notre lieu de travail.
Je n'en pouvais plus et la regardais interdite d'une telle astuce. Toutefois, elle me remerciait si chaleureusement et semblait tellement « nager dans le bonheur », que le « pion » Hélène avait oublié quelque peu la longue et interminable attente qu'elle avait enduré dans des magasins surchauffés.

Ainsi, Denise pouvait voir défiler devant elle les deux silhouettes de ses collègues : celle d'Annie triomphante, encombrée de paquets et, le « pion » Hélène, exténuée, la mine boudeuse parce qu'elle avait les mains vides de tout présent.

Les fêtes de Noël passées, Annie nous avait montré la superbe bague sertie de pierres précieuses que son mari, « lapidaire de son métier » avait eu la gentillesse de créer spécialement pour son épouse !

Mais, de « guerre lasse », nos responsables avaient mis fin à sa collaboration puisque, quotidiennement, elle continuait d'hurler après son mari : « le gentil lapidaire » !

À propos de « lapidaire », je vous laisse chercher sur le dictionnaire !

*
*   *

SIMONE

Et puis, il y avait Simone, l'infatigable Simone, toujours prête à rendre service. Une grande dame blonde, mince et élégante coiffée d'un chignon. Elle était veuve et avait deux grands enfants issus du premier mariage de son mari, enfants qu'elle ne voyait jamais, on ne sait pas pourquoi. Aussi, elle semblait avoir reporté son affection sur Denise et ses enfants mais aussi sur moi. Toujours d'humeur égale, elle savait nous faire profiter de sages conseils et se montrait souvent complice des moments de détente que nous nous accordions, se joignant avec plaisir à nos invitations.

Au moment de Noël, j'avais toujours une pensée pour Simone qui, pour les fêtes de fin d'année, n'avait pas d'autre but que d'aller chez son frère et sa belle-famille, qui ne l'acceptaient qu'à condition qu'elle arrive et reparte le jour même, et après le repas !

Elle devait donc franchir en voiture, la distance aller et retour de bons nombres de kilomètres qui la séparaient de la banlieue parisienne où elle résidait jusqu'aux Ardennes, son point de chute final.

Comme à son habitude, elle partait les bras chargés de cadeaux coûteux qu'elle comptait offrir aux uns et aux autres. Je garde en souvenir le moment où elle nous parlait avec enthousiasme du pull-over et de l'écharpe en cachemire qu'elle avait achetés pour son frère, dans des magasins luxueux qu'elle affectionnait tout particulièrement.

Si nous avions besoin d'un produit de maquillage, Simone était toujours là pour nous venir en aide, puisqu'elle était très proche d'une grande parfumerie située dans sa ville et ne manquait pas d'y faire un détour de son chemin habituel, pour nous dépanner et aller chercher le produit qui nous manquait.

Simone aimait les belles choses aussi, au moins deux à trois fois dans l'année elle s'offrait (en réservant son billet bien à l'avance), une place toujours bien située pour assister à la représentation d'un prestigieux ballet à l'opéra de Paris.

Au moment des grandes vacances, elle était partie en Égypte et, à son retour, elle avait rapporté à chacune d'entre nous, d'adorables vases en verre soufflé. Lorsque, je prends le temps de regarder les objets qui décorent le meuble vitré de mon séjour, je revois toujours avec le même plaisir, ce petit vase bleu à l'aspect fragile qui n'a rien perdu de son éclat !

*
* *

DENISE, LA SECRÉTAIRE

Et puis, il y avait Denise, la secrétaire attitrée de nos patrons, une gentille collègue avec laquelle nous aimions bien plaisanter et bavarder ! Aussi, lorsqu'un beau matin, elle était arrivée toute excitée pour nous annoncer : « ça y est, mon mari a eu sa mutation, on part à Pau ! » ! Cela m'avait fait l'impression d'une douche écossaise !
Je me réjouissais bien sûr pour elle qui allait enfin pouvoir revoir la région où elle était née, mais aussi, sa famille qui lui manquait ! Et pourtant, j'appréhendais le moment où elle allait être remplacée par une autre personne que je ne connaissais pas ! Qui me disait qu'elle allait être aussi gentille et compréhensive que cette collègue qui reconnaissons-le, avait « le cœur sur la main » ? C'est vrai, nous en avions connu de bons moments !
Les années s'étaient écoulées merveilleusement bien et nous profitions à chaque instant de petits moments de bonheur ! Tout se passait tellement bien, sans encombre, en toute simplicité et dans la bonne entente alors, pourquoi ne pas continuer ainsi ?
Je me souviens qu'à plusieurs reprises, elle avait eu la délicate attention de m'offrir des cadeaux qui m'allaient droit au cœur.

Ainsi, pour son dernier jour chez l'architecte, elle m'avait fait la surprise de me remettre un grand paquet. « Tiens me disait-elle, voilà, c'est mon cadeau d'adieu, je te l'ai dédicacé ». Je n'en croyais pas mes yeux, elle me laissait un souvenir avant de partir ! Je ne voulais pas le montrer mais, j'étais émue lorsque je découvrais le trente-trois tours qu'elle avait pris le soin de choisir ! Ce disque qui était de Mort Shuman, allait me permettre d'écouter une chanson à succès telle que : « un été de porcelaine » et bien d'autres encore que je me surprenais plus tard, en train de fredonner.

Une autre fois, à l'approche des fêtes de Noël, elle avait eu la gentille attention de m'offrir différents objets japonais noirs et avec des dessins dorés qui allaient parfaitement bien décorer mon logement. Ces objets-là, je les possède toujours en parfait état et ils tapissent agréablement le meuble vitré de mon salon.

Il y avait eu aussi la communion d'une de ses filles pour laquelle, Simone et moi avions été conviées. Je ne compterais plus aussi, nos sorties dans les galeries marchandes où nous bavardions inlassablement tout en dégustant un sandwich ou un croque-monsieur.

Pour mon mariage, malgré son éloignement puisqu'elle était partie depuis longtemps à Pau, Denise m'avait fait la surprise de s'associer à Simone, afin de me faire cadeau d'un service à gâteau en porcelaine, finement décoré de dessins pastel. Service que je prends le temps d'admirer chaque fois que je m'en sers !

Et depuis, Denise s'en était allée, pour se replonger vers un autre bonheur, celui de pouvoir côtoyer tous les jours, sa région mais aussi, sa famille qui lui manquait beaucoup !

*
* *

RAYMONDE, LA COMPTABLE

Malgré le temps qui passe, je garde toujours en mémoire le souvenir de cette collègue qui a su m'apporter son soutien à un moment de ma vie où j'en avais le plus besoin puisque, je rencontrais de sérieux problèmes avec mon mari. Raymonde remplaçait alors, la comptable Annie partie depuis peu, et à son arrivée, elle avait déjà su faire preuve d'une grande complicité et de compréhension à l'égard de nous tous.

Ainsi, lorsque nous venions la voir dans son bureau, le calme et la bonne humeur étaient les maîtres de ces lieux et elle savait toujours se montrer chaleureuse à notre égard, n'oubliant jamais de nous porter l'intérêt que nous méritions ! Elle s'était aperçue que je ne menais pas depuis quelques temps, une vie formidable, puisque perturbée par un mari fantasque, qui ne faisait que ce qui lui plaisait sans s'occuper de nous, aussi elle s'était initiée à m'apporter son appui, m'entourant de ses judicieux conseils afin de me redonner courage.

À l'approche de la naissance de ma fille, elle m'avait confectionné une délicate barboteuse en piqué blanc, ornée d'un feston rose pâle, barboteuse que j'ai toujours gardée avec les plus beaux vêtements que Valérie avait portés bébé. J'admirais d'autant plus ce cadeau, que j'étais vraiment une novice en matière de couture !

Alors que j'étais en congés de maternité, elle n'oubliait pas de prendre de mes nouvelles et un jour, lorsque j'étais sur le point d'accoucher et que je n'avais personne pour m'emmener à la clinique, elle était là, présente et rassurante pour m'y conduire, prenant le temps d'attendre avec moi durant de longues heures avant de pouvoir repartir rassurée sur mon état. Cette gentillesse-là, je ne l'ai jamais oubliée.

Par la suite, elle était même venue me voir à plusieurs reprises à la clinique puisque, sous l'insistance grandissante de sa fille de 7 ans qui voulait voir le bébé, malgré l'interdiction des gardes du corps de cet établissement qui veillaient à ce qu'aucun enfant de moins de 12 ans ne franchisse le seuil de ce palais. Aussi, il avait failli donc ruser et faire appel à notre imagination, pour permettre à cette enfant, de pouvoir voir le bébé Valérie sous le regard ému et reconnaissant de sa maman !

Raymonde qui tenait un stand de « chamboule tout » à la kermesse de l'école de ses deux enfants, m'avait proposé de venir m'y distraire. Pour cette occasion, ma fille alors âgée de trois ans, portait sa plus jolie robe afin de faire honneur à cette invitation. Nous nous promenions ainsi, devisant gaiement dans une cour de récréation déjà bien encombrée par tous les parents. Nous allions de stand en stand, profitant d'un temps généreux ! Valérie avait même gagné un poisson rouge à une tombola, poisson qu'elle avait ramené avec joie à la maison !

C'était bon de se détendre ainsi et, pendant plusieurs années, j'avais pris l'habitude d'aller dire un petit bonjour au stand de « chamboule-tout », toujours avec le même enthousiasme.

*
* *

THATCHER

Et puis, il y avait « Thatcher » que j'avais surnommée ainsi, parce qu'elle n'aimait pas qu'on lui dise « NON » et qu'or lui tienne tête. C'était la secrétaire qui avait remplacé Denise. J'avais remarqué qu'elle montrait un tel attachement à son mari, qu'elle portait toujours, une chaîne en or à la cheville, geste que je ne comprenais pas, mais, pas du tout. En plus, elle fumait plus que de raison à tel point que mes patrons avaient fait placer dans le pool dactylo, un extracteur de fumée. Enfin, elle affectionnait particulièrement la danse des canards et avait essayé de nous initier à celle-ci mais, devant notre obstination, elle y avait renoncé.

Une fois, Bruno m'avait demandé de venir plus tôt pour lui taper quelques notes. Mais, ce jour-là, devant une collègue récemment arrivée chez l'architecte, je ronchonnais quelque peu. Alors, Thatcher s'était emparée du document et avait décrété librement : « donnez, je vais vous le taper ». Mais, Bruno, s'y était opposé en disant : « Non ». Thatcher avait alors rétorqué « et pourquoi non ? ». Bruno avait répondu : « parce que je préfère que ce soit Hélène, elle présente mieux ! ». Voilà, c'était l'histoire de Bruno qui avait osé dire

« NON » à Thatcher ! Quant à moi, ce jour-là, j'apportais encore plus de soin à la présentation de ce document.

*

NOS DISTRACTIONS

Aujourd'hui encore, je me remémore les merveilleux moments que j'ai connus là-bas. Des images défilent devant moi et représentent à mes yeux, des instants de complicité, de bonne humeur et d'entente cordiale. Il est vrai que grâce à tous mes collègues, j'ai pu oublier quelque peu les problèmes de la vie quotidienne !

Ainsi, dans ce cabinet d'architecte, nous avions la coutume de nous réunir chaque année dans le grand bureau de nos patrons, afin de pouvoir déguster tous ensemble, une délicieuse galette des rois choisie avec soin par Simone.

LE RESTAURANT

Je garde aussi, en souvenir l'invitation faite par nos deux patrons, de nous emmener déjeuner dans un restaurant renommé de Corbeil-Essonnes : « Aux armes de France », un repas « digne de ce nom. Arrivés sur les lieux, une grande table agréablement décorée, nous était réservée. Nous étions nombreux puisque nos collègues qui devaient quitter le cabinet d'architecte, étaient toujours en poste. De mémoire, nous étions vingt à table ! Aussi, nous avions donc dû nous déplacer à plusieurs voitures pour effectuer ce trajet.

Il faut reconnaître que dans ce restaurant, les mets étaient recherchés et les amateurs qui connaissaient ces lieux étaient nombreux. Aussi, le service était très long entre deux plats et, nous devisions gaiement.

Daniel, sous l'effet des bulles de champagne prenait délibérément la liberté de dire haut et fort, à son voisin de table : Jean-Paul, notre responsable, son grand regret d'être trop éloigné de ma pauvre personne ! Quant à moi, je ne demandais qu'une chose, celle de me réfugier dans un trou de souris, pour fuir les regards moqueurs de mes collègues !

Mais, reconnaissons-le, cette invitation là, ce n'était pas ce que j'avais préférée ! J'étais intimidée par une grande partie de ces invités que je ne connaissais guère. Il y avait même les épouses respectives de nos patrons, des collègues qui n'étaient pas maintenus dans leurs fonctions mais, qui étaient toujours en poste pour le moment, et pour lesquels je ne partageais nullement leur façon d'être. Eh oui, que voulez-vous, j'étais quelqu'un qui aimait les choses simples. Cela dit, je reconnaissais que cela était très gentil de la part de nos patrons, d'avoir pensé à nous offrir ce divertissement.

*
* *

À BORD DU VOILIER

Je revois encore le bateau de Jacques, un dessinateur comme il en existe peu de nos jours, toujours d'humeur égale, qui a su nous faire profiter de tous ses bons conseils. IL avait une réelle passion pour la navigation et un jour, alors qu'il nous racontait les aventures qu'il avait connues en mer, il s'interrompait quelque peu pour nous demander si cela nous intéresserait d'aller pique-niquer sur place, à bord de son bateau qui se trouvait sur un point d'eau à environ cinquante kilomètres de notre lieu de travail. Bien sûr, l'enthousiasme était à son comble mais, il n'y avait que quatre places à bord de la voiture de Jacques aussi, nous devions vite nous décider et dire qui allait l'accompagner dans cette folle aventure. Finalement, après réflexion, Denise et moi étions volontaires mais aussi, Daniel l'architecte et Michel, un jeune dessinateur.

Le trajet pour nous y rendre s'effectua très vite et nous étions bientôt arrivés sur le quai où de nombreuses embarcations se balançaient doucement. Bien évidemment, nous restions là, sans naviguer, sans hisser les voiles, étant donné que nous devions reprendre très vite notre travail en début d'après-midi, mais, c'était déjà formidable d'être à bord et de profiter de ces heureux moments.

Nous étions saisis par la beauté de ces lieux. Tout était paisible, l'eau clapotait par moment contre des galets, l'air était pur, comme on était bien ici ! Tout se déroulait parfaitement quand, soudain, je remarquais que le superbe bateau de Jacques (un voilier de huit mètres de long), était amarré non pas à proximité du quai, mais, beaucoup plus loin à trois ou quatre embarcations près.

Aussi, il allait falloir escalader et enjamber les autres bateaux avant de pouvoir rejoindre celui de notre collègue. Mais, seul petit bémol, Hélène n'avait pas écouté ce qu'avait dit Jacques et avait revêtu, pour la circonstance, sa plus jolie robe mais aussi des chaussures de cuir à talons bottiers qu'elle affectionnait particulièrement mais, qui ne convenaient pas, mais alors pas du tout pour cette escapade. Seules les chaussures « bateau » avaient été demandées ! Et pourtant, Denise, Michel et Daniel lui avaient rappelé maintes fois de venir avec ces chaussures-là faute de quoi, elle allait devoir rester toute seule sur le quai ! Ils lui avaient même expliqué en long, en large et en travers, les dangers qu'il y avait d'escalader ces bateaux avec des chaussures à talons puisque les sols étaient plus que glissants.

Alors, Hélène, peu fière d'elle, se voyait déjà abandonnée par ses collègues sur un quai quasi désert, sans rien avoir à manger ! Mais, c'était mal les connaître puisque ce cher Daniel, qui faisait la mine de chien battu parce que sa collègue préférée risquait de ne pas monter à bord de ce voilier, Daniel donc, quelque peu épris d'elle, profitait de cette aubaine pour s'empresser auprès d'elle, afin de guider ses pas hésitants sur un sol bien glissant. De son côté, la cabocharde Hélène, furieuse de cette situation et pas du tout amoureuse de ce garçon, se débattait dans le vide et le sauvetage devenait périlleux puisque tous deux avaient failli tomber à l'eau.

Arrivés enfin à bon port, la faim nous tenaillait aussi, nous ne pouvions que faire honneur au délicieux repas froid que Jacques nous avait gentiment préparé. Puis, nous nous empressions de visiter l'intérieur de ce bateau où tout était d'un goût exquis et tellement bien agencé que je restais là sans voix, éblouie devant de tels lieux.

Il y avait même une chambre spacieuse qui n'avait rien à voir avec les cabines exiguës d'un bateau. J'avais déjà été impressionnée par la beauté extérieure de ce voilier au blanc immaculé mais, maintenant je ne pouvais que m'extasier en découvrant à l'intérieur, un habitacle et un mobilier modernes et de bon goût qui offraient de nombreuses astuces pour un gain de place.

Le déjeuner terminé, Denise et moi, effectuions quelques tâches ménagères pour remettre en ordre la cuisine, lorsque, nos trois collègues qui s'étaient volatilisés, n'avaient rien trouvé de mieux que d'enjamber le pont pour grimper tout en haut du mat, afin de le secouer de toutes leurs forces, jusqu'à ce que le bateau se penche dangereusement sur l'eau. Tout cela provoquait de belles vagues et notre embarcation oscillait bien volontiers de gauche à droite et de droite à gauche, ce qui faisait dire à Denise sous l'effet de la houle : « Hélène dis-leur d'arrêter ». Quant à moi, sortant de l'habitacle sur un pont quasi désert, j'essayais de me maintenir en équilibre sur mes talons bottiers et tel un matelot parti à l'aventure, je m'agrippais désespérément au bastingage hurlant à qui voulait l'entendre « arrêtez tout, arrêtez tout ». Mais, rien n'y faisait, ces pirates chahutaient trop pour pouvoir m'entendre. Le calme enfin rétabli, nous terminions la dernière tâche ménagère qui nous restait à faire avant de pouvoir reprendre rapidement la route.

Le temps passait très vite pour nous, tellement vite qu'il était l'heure de rejoindre notre lieu de travail. Nous devions alors recommencer notre escalade en sens inverse, enjambant un bateau pour passer à un autre. Quant à moi, furieuse de ma situation qui me faisait dépendre une fois de plus de ce cher Daniel, j'en voulais à mes talons bottiers, et savais pertinemment que pour la prochaine promenade, j'aurais quoiqu'il en coûte des chaussures « bateau » ! Nous repartions alors, l'esprit léger, le cœur joyeux, toujours prêts pour de nouvelles aventures.
Je me retournais une dernière fois, pour dire au revoir à ce noble voilier qui se reflétait au loin dans un paysage enchanteur et pittoresque.

*
* *

CHEZ JACQUELINE

Et ainsi, d'autres aventures nous attendaient puisqu'une comptable Jacqueline qui avait travaillé chez nous peu de temps puisqu'elle avait préféré quitter son emploi pour se consacrer à l'éducation de ses enfants, Jacqueline « au cœur d'or », nous invitait parfois, à déjeuner dans sa grande maison située un peu avant Orly.
Elle avait un chien labrador tout fou, qui une fois que nous avions franchi le portail de son habitation, nous témoignait bruyamment son affection ! Simone et Denise s'éclipsaient alors, rapidement quant à moi, j'essayais d'éviter les démonstrations un peu trop envahissantes de cet animal. Cette ancienne collègue était si bien organisée qu'à notre arrivée, Simone, Denise et moi avions la chance de trouver dans nos assiettes, un repas bien appétissant. Nous passions ainsi un agréable moment, bavardant à bâtons rompus, heureuses de la voir épanouie et entourée de ses enfants.

Un jour, à l'approche de Noël, elle nous avait proposé de nous emmener chez un grossiste en jouets et, nous étions bien évidemment volontaires pour cette sortie. Arrivée dans cet entrepôt, j'étais saisie par le nombre incroyable de jouets qui trônaient sur de grandes étagères de bois. Jacqueline de son côté avait déjà bien rempli un chariot qui s'élevait jusqu'au plafond. Quant à nous, Denise et moi, nous déambulions avec plaisir dans les rayons, nous extasiant devant la beauté de ces lieux. Là, je tombais en admiration devant un grand coffret d'un adorable poupon Nenuco. Il était tellement mignon que je décidais d'en prendre deux, un rose et un bleu, cadeau que je destinais à chacune des petites filles de Denise, imaginant leur joie de les découvrir avec le reste des cadeaux que leurs parents leur réservaient.

*
* *

MES MÉSAVENTURES

LES COURS D'ANGLAIS

J'évoluais tellement bien dans mon travail que, très attirée par la langue anglaise, j'avais décidé de m'inscrire aux cours du soir dispensés par la chambre de commerce de Viry-Châtillon. À ce moment-là, le cabinet d'architecte qui était situé dans le centre-ville, se trouvait à deux pas de cet établissement, ce qui me permettait de le rejoindre en quelques minutes à pied.
Nos bureaux étaient alors implantés dans un grand pavillon de deux étages, lieu très agréable puisque, au calme, et proches du centre mais dans une rue pavillonnaire.

Pour ces cours d'anglais, j'avais choisi trois options :

- le laboratoire de langue avec ses cabines séparées toutes en verre dans lesquelles nous répétions ou répondions sans cesse à diverses questions, alimentées par un casque d'écoute et un magnétophone. Pendant ce cours, un enseignant, installé sur une estrade, supervisait une vingtaine de cabines.

Il passait son temps à se connecter à nos cabines à l'aide d'un étonnant bouton, pour brutalement, nous surprendre à n'importe quel moment, et sans crier gare.
Eh oui, que voulez-vous, cela faisait partie du jeu diabolique de ce professeur qui, pour jouer à Sherlock Holmes, n'hésitait pas une seule seconde, à interrompre notre écoute du doux ronronnement d'un magnétophone, pour envahir notre casque de sa voix qu'il voulait forte et, assourdissante pour nos pauvres oreilles. Tout cela était si inattendu et surprenant, que nous passions notre temps à sursauter comme des puces, à chacune de ses interventions ! Et pourtant, que voulez-vous, ces cabines-là, c'était ce que je préférais.

- Il y avait aussi, les cours d'audiovisuel où nous assistions à une diffusion d'un film en anglais, sur un écran géant chapeauté par un enseignant qui nous posait des questions piège après la diffusion de ce film. On trouvait aussi les fameux mots croisés que l'on devait compléter ! Je raffolais de ce jeu-là et étais souvent la première à y répondre.

- Enfin, il ne fallait pas oublier un cours de grammaire et d'expressions idiomatiques, le moins motivant de ces cours mais aussi, très utile, puisque, nécessaire pour parfaire cette langue.

Le premier jour, je partais plus tôt pour assister à la première séance étant donné que mes patrons m'avaient accordé cette permission. Ce qui faisait dire à Denise en me voyant partir : « je ne comprends pas pourquoi, après une journée bien remplie comme celle-là, tu as encore le courage d'aller assister à ces cours » !

Mais le temps passait très vite et les examens approchaient. À ce sujet, nous devions passer les épreuves non pas à Viry-Châtillon mais, à Corbeil-Essonnes. Aussi, mon frère Dominique, était venu me chercher pour m'emmener dans cette ville que je ne connaissais pas afin de me conduire sur les lieux de l'examen. Quant à moi, forte de voir qu'il voulait me donner la chance de réussir dans de bonnes conditions et sans stresser, je devenais confiante ! Et pourtant, les épreuves proposées n'étaient pas aussi faciles que cela !
Aussi, pour la rédaction que nous devions remettre, j'avais eu l'idée de parler d'un animal familier dont les anglais raffolent, mon chien ! Je ne sais pas si

c'est à cause de cette rédaction que j'ai obtenu mon diplôme ou grâce à la gentillesse de mon frère, ou encore grâce à la volonté de réussir mais, j'étais reçue !

Peu après les épreuves, je retrouvais la routine de mon travail, lorsque Jean-Paul, notre patron avait fait irruption dans notre bureau, un grand journal le Républicain à la main et criait à tue-tête : « elle est reçue, elle est reçue ». Plongée dans mon travail, je le regardais avec étonnement. Jean-Paul, me remettait alors, la page de ce journal où je découvrais avec bonheur, l'inscription en toutes lettres, de mon nom et prénom signalant l'obtention de mon diplôme. J'étais vraiment fière de moi ! Cela m'avait fait plaisir de voir qu'il avait eu cette délicate attention !

*
* *

MA CONVERSATION EN ANGLAIS

Eh bien oui, je n'en menais pas large lorsque j'avais dû faire ma première réservation en anglais. Puisque, peu de temps après l'obtention de mon diplôme, mon responsable, Jean-Paul, m'avait remis un document portant un numéro de téléphone d'un hôtel en Égypte, en me demandant de lui réserver une chambre pour le séjour qu'il était appelé à faire dans ce pays.

J'étais flattée mais aussi bien ennuyée. Je pensais, « en voilà une question piège qui se referme sur moi ! Tout de même, il aurait pu me laisser le temps de m'habituer à ce diplôme, c'est bien trop tôt, c'est dommage, il est tout neuf, ça va l'user » ! Mais, que voulez-vous, ces mots stupides, je ne les prononçais pas ! Sur-le-champ, je ne répondais pas et pourtant, j'aurais voulu lui dire que j'appréhendais ce moment-là puisque je n'étais pas encore prête pour parler cette langue.
Soudain, devant mon silence obstiné, le cliquetis de la machine à écrire de ma collègue s'était brutalement arrêté et Denise me regardait interdite. Alors, pour faire face à cette inertie qui ne pouvait s'éterniser, je saisissais le papier qui m'avait

été remis et me ruais sur mon standard afin d'appeler cet hôtel.

Finalement, je me disais que de toute façon, il fallait que je m'en sorte, que je fasse bonne impression, que je ne déçoive pas et alors, forte de tout cela, « je me jetais à l'eau ». Il faut dire qu'au cours de ma conversation avec le réceptionniste de cet hôtel, je me surprenais à parler librement et naturellement en anglais. Je n'en revenais pas, j'avais réussi à vaincre cette appréhension. Lorsque j'avais raccroché, j'étais émue mais aussi fière d'avoir franchi ce cap, d'autant que mon responsable était venu me remercier puisqu'il s'était montré totalement satisfait de la mission que je venais d'accomplir.

*
* *

VISITE À L'ÉVÊCHÉ D'ÉVRY

Je me souviens aussi du jour où nos collègues : architectes et dessinateurs nous avaient fait la surprise de nous emmener visiter un chantier en voie de terminaison : l'évêché d'Évry ! Nous étions ravis de cette occasion et avions hâte de voir comment fonctionnait réellement ce chantier.

Pour cela, Jacques, Daniel et Michel nous emmenaient à plusieurs voitures. Arrivés sur les lieux, nous débutions notre visite par l'appartement qui avait été spécialement conçu pour l'évêque, un spacieux deux pièces parfaitement bien agencé. Il y avait même dans le salon, une belle cheminée qui avait été choisie par l'évêque. Je restais interdite devant la beauté de ces lieux et la qualité des matériaux prévue à cet effet, était je dois le dire irréprochable. Ici et là, des ouvriers travaillaient tranquillement sans mot dire.

En poursuivant notre visite, nous trouvions une enfilade de plusieurs pièces toutes identiques que l'on nous présentait comme étant des chambres pour les sœurs qui travaillaient à l'évêché. Je n'en revenais pas ! Ce n'était pas des petites cellules étroites et sombres comme celles des couvents mais, de vastes studios bien agencés, équipés chacun de coin douche et de sanitaires. Une grande fenêtre laissait entrevoir un immense jardin envahi par la verdure et par de superbes fleurs aux multiples senteurs.

Plus bas, au rez-de chaussée, je découvrais l'emplacement d'un grand accueil tout équipé et pourvu d'un standard flambant neuf. J'étais étonnement surprise lorsque j'apprenais que c'était une sœur qui allait accueillir le public et gérer tous les appels téléphoniques ! Comme quoi, les choses avaient bien changé !

Avant de quitter ces lieux, je prenais le temps d'admirer le large escalier qui retombait élégamment au rez-de-chaussée. Sur le chemin du retour, je pensais à la chance que j'avais de travailler avec des collègues qui nous avaient permis de visiter cet évêché. Cela nous avait laissé entrevoir la vie incroyable d'un chantier.

*
* *

LA TEMPÊTE DE NEIGE

Je me souviens aussi, de cette tempête de neige qui s'était abattue sur notre région alors que nous n'avions pas encore quitté le bureau. Ce jour-là, malgré les gros flocons qui blanchissaient rapidement le sol, je regagnais avec confiance mon domicile peu éloigné de mon lieu de travail. Cet épisode neigeux n'avait rien d'anormal pour la saison et pourtant, la petite Renault 5 vert bouteille que je conduisais, marquait soudain un temps d'arrêt pour franchir l'habituelle côte prononcée qui devait m'amener jusqu'à chez moi.

Je m'apercevais alors que la côte que je devais franchir, était encombrée par une longue file de voitures bloquées sur un sol gelé ! Devant moi, un camion, dont les freins ne fonctionnaient plus, descendait lentement mais sûrement vers mon véhicule. La situation devenait catastrophique, je ne savais que faire, lorsque soudain, une voiture de gendarmerie arrivait, puis, saisissant mon véhicule, le détournait rapidement et le positionnait vers l'autre sens. Les gendarmes me recommandaient alors, d'aller sur une ligne droite en attendant le dégel. Je n'avais donc plus qu'une solution, celle de retourner vers la destination la plus proche, mon lieu de travail !

Arrivée sur place, je constatais qu'il y avait encore de la lumière dans les bureaux. Soulagée, je rentrais dans les locaux et m'apercevais alors que, Jean-Claude, mon responsable, travaillait encore. Devant mon désarroi mais aussi, en raison de l'état de la route qui ne s'était guère amélioré, mon patron me conseillait de laisser là ma voiture puisque gentiment, il allait me raccompagner jusqu'au bas des escaliers qui desservaient ma résidence, évitant ainsi la pire côte toujours bloquée.

Quant à moi, après toutes ces frayeurs, je me glissais avec bonheur au creux de mon canapé afin de me réchauffer quelque peu. Je pensais à la chance que j'avais de pouvoir travailler dans une entente aussi cordiale.

*
* *

LE CADEAU DE MARIAGE

Peu de temps avant mon mariage, ma collègue Raymonde m'avait fait la surprise de m'emmener dans un grand magasin rempli de cadeaux pour la maison ! Arrivée sur les lieux, je restais sans voix devant une vitrine qui regorgeait d'objets tant convoités qui se différenciaient par leur beauté. Reconnaissons-le, c'était un magasin merveilleusement bien achalandé où tout était tentant mais, très cher ! Bref, une véritable caverne d'Ali Baba ! Et dans ce magasin, ma collègue m'avait demandé de choisir le cadeau de mariage qui me faisait le plus plaisir, offert par tous ceux et toutes celles que je côtoyais tous les jours à mon travail, sans oublier mes deux patrons.

J'étais bien émue. J'avais envie de dire, « il ne faut pas, c'est un simple mariage ». Instinctivement, j'avais envie de refuser mais, je ne voulais pas leur faire de la peine ! C'était trop gentil, ce geste-là venait du cœur, j'allais les vexer ! Aussi, lorsqu'elle m'annonçait le montant de l'enveloppe qu'elle avait recueillie à mon intention, je restais interdite.
Pendant que je réfléchissais ainsi, nous parcourions en même temps tous les rayons de ce magasin

de long, en large et en travers, à la recherche du trésor qui aurait pu m'éblouir.

Mais, j'étais vraiment embarrassée, je ne savais que choisir ! Pourtant, après de longs moments d'incertitude, suivis de longues hésitations, je tombais en admiration devant le coffret d'une superbe ménagère « Guy Degrenne » ! Désormais, mon choix était fait, j'optais pour des couverts en acier inoxydable que je choisissais avec soin et que j'aimais déjà, pour leur simplicité ! Cette ménagère était si belle présentée dans son coffret de velours ! Sur le chemin du retour, je savais que j'emportais avec moi le plus merveilleux des cadeaux, celui de l'amitié. !

*
* *

MON MARIAGE

Bien que mon mariage n'ait pas été une réussite, j'ai souhaité quand même y faire allusion étant donné qu'il y avait à travers mon récit, des passages amusants que je voulais partager avec le lecteur. C'était aussi une façon pour moi de remercier tous mes collègues qui avaient su faire preuve à mon égard, d'esprit d'équipe et d'une gentillesse que je ne suis pas prête d'oublier.

À l'approche de mon mariage, je me souviens que pour cette occasion, j'avais parcouru de nombreux magasins spécialisés dans les robes de mariées mais, je dois dire que je ne trouvais pas mon bonheur puisque ces vêtements s'avéraient trop coûteux ! En plus, ils ne correspondaient pas du tout à mon style d'habillement. D'autant que, la cérémonie devait être simple.

Aussi, sans grandes convictions puisque c'était pour un mariage, et en dernier ressort, je m'étais rendue dans un magasin où je m'habillais très souvent, puisque j'y trouvais de jolies tenues à des prix abordables. Mais, pour être franche, trouver une robe blanche dans cette grande boutique à un moment où des tenues estivales de plage étaient exposées, ce n'était pas facile. Et pourtant si, j'apercevais enfin dans les rayons, la toilette idéale pour ce mariage. C'était une jolie robe blanche bien sûr, faite en broderie anglaise, surtout pas longue ni endimanchée, je l'avais voulue simple suivant mes goûts et je dois dire qu'elle me convenait parfaitement.

À l'approche de ce grand jour, Simone, s'était montrée encore plus présente puisqu'elle était apparue très élégante dans une robe « haute couture », tenant avant tout, à représenter par sa venue, tout le cabinet d'architecte. Elle s'était donc jointe naturellement aux invités afin d'assister à la cérémonie en mairie mais, aussi à la bénédiction qui avait lieu dans une grande chapelle attenante à l'église de Viry-Châtillon.
Quant à moi, j'étais comme toute mariée endimanchée, très émue et, n'avais qu'une hâte, celle de me replonger dans la routine du train-train quotidien où j'étais quand même, plus à l'aise que dans toutes ces mondanités !

Ce qui m'avait vraiment fait plaisir, c'était de voir toutes ces magnifiques fleurs qui avaient été déposées à mon intention ! Je pouvais ainsi lire les petits mots de chacun et de chacune apportés par les fleuristes et je savais que Simone, Raymonde et tous mes collègues avaient eu une pensée émue pour un jour qui devait être le plus beau, si ce n'était mon futur mari qui se faisait attendre pour la cérémonie. J'avais déjà l'impression d'être abandonnée par celui qui devait être mon époux.

Comme le temps passait et que rien ne se profilait à l'horizon, je commençais à me demander si je n'allais pas subir l'humiliation d'un mariage raté où le marié allait dire d'une voix forte devant l'assemblée réunie, le « Non » magistral qui allait faire vibrer tout l'édifice.

Lorsqu'enfin la cérémonie s'était achevée avec les deux mariés « unis pour le meilleur et pour le pire ». Simone, comme à son habitude, très à l'aise avec tout le monde, s'était jointe à nous, pour partager le repas familial. Cette fois-ci, il n'y avait pas la traditionnelle épaule d'agneau ou le poulet rôti que ma mère prenait plaisir à mitonner doucement, mais un saumon frais, grandeur nature !

Eh oui, mon futur mari avait eu l'idée de m'emmener pêcher près d'une réserve naturelle à Fontainebleau ! Ce jour-là, je n'en finissais pas de m'extasier devant de grands bassins remplis de truites qui fuyaient comme le vent, de truites saumonées mais aussi, de gros saumons qui déambulaient lourdement.

Devant mon enthousiasme, mon futur mari m'avait remis entre les mains, une canne à pêche, mise à la disposition du public et m'avait laissée plantée là comme un iceberg, à hauteur vertigineuse d'un bassin si profond !

Je dois dire que je suivais avec inquiétude, l'acheminement de l'hameçon de cette canne à pêche qui sournoisement venait de tomber sans prévenir dans l'eau profonde tandis qu'un magnifique saumon, sans doute, le plus volumineux de la réserve, tournoyait inlassablement autour de l'appât. Mais, je ne voulais nullement de cette morue, je n'aurais su qu'en faire, alors, j'essayais de l'en dissuader en tirant le fil dans tous les sens pour provoquer du remous et l'éloigner de l'appât. Mais, ce petit jeu-là était à redouter, puisque ce glouton, attiré par les allées et venues provocants de cet hameçon, avait prestement mordu pour ensuite, tirer violemment sur le fil au risque de me faire plonger vers ces fonds !

Je dois reconnaître que je n'étais pas fière de cette situation-là, et regardais avec effroi ma canne à pêche qui se pliait dangereusement. Scotchée par l'émotion, j'essayais maladroitement de tirer sur le fil mais rien n'y faisait. Aussi, quel soulagement lorsque le responsable de cette réserve, attiré par les cris que je poussais, était accouru armé d'une épuisette et avait prestement ramené à terre cette horrible baleine !

Quant à mon futur mari, sans doute en quête de trophées, il n'avait rien trouvé de mieux que de ramener ce poisson à la maison, prévoyant ainsi le menu bien déroutant qu'il comptait faire pour notre mariage !

Ainsi, à mon plus grand regret, ce jour-là, le saumon détrônait les bons petits plats que ma maman aimait tant faire ! Il faut dire que pour ce repas de noces, peu inspirée par ce vulgaire saumon, je ne touchais pas à mon assiette.

*
* *

LA CLINIQUE

Plus tard, lorsque j'avais donné naissance à ma fille, Valérie, j'avais eu la surprise de voir arriver dans la chambre que j'occupais à la clinique Vigier à Savigny/Orge, tous mes collègues mais alors, tous sans exception ! Je n'en revenais pas ! Il y avait donc Simone bien sûr, Raymonde, mais aussi, la nouvelle personne qui devait me remplacer pendant mon congé maternité, Bruno, l'intraitable Daniel, Jacques (qui ce jour-là avait abandonné son voilier), Michel et un jeune dessinateur Pascal, récemment arrivé.

Je pensais : « Ça alors, c'est trop fort » ! « Comment ont-ils fait pour échapper à la vigilance des gardes du corps de ce palais » ! « Comment se sont-ils arrangés pour pouvoir entrer aussi nombreux dans cette forteresse sans être vus, ni interceptés » ?

Si vous saviez comme j'étais heureuse de les voir tous ainsi réunis ! Je les regardais avec reconnaissance, j'étais tellement seule dans cette clinique, je m'ennuyais tant ! Je remarquais que ce jour-là, ils me dévisageaient sans mot dire, sans doute impressionnés par les lieux mais aussi, par la naissance de mon adorable fille qui dormait à poings fermés.

Quant à moi, je prenais le temps de leur expliquer le fonctionnement invraisemblable de cette clinique qui à l'affût du moindre grain de poussière, déployait toute son énergie durant de longs moments, passant et repassant des appareils électriques tous aussi bruyants les uns que les autres, toujours en quête de propreté !

Je dois dire qu'à ces instants-là, j'étais comblée, je songeais, « ils ont tous pensé à moi, ils ont même fait l'effort de venir me voir » !

*
* *

PLUS DE FREINS !

Cette histoire-là, j'ai bien hésité avant de vous la raconter étant donné que, je me demandais où était le bonheur dans l'histoire d'une voiture qui « n'avait plus de freins » ! Et, puis, en y réfléchissant, je me suis rendu compte que j'avais quand même eu de la chance de ressortir indemne de cette situation ! En plus, si vous saviez combien j'avais apprécié l'entraide que tous mes collègues sans exception m'avaient accordée. Je n'oublierai pas non plus l'esprit d'équipe et de camaraderie dont ils avaient su faire preuve à ce moment-là ! Cela m'avait encouragée à aller de l'avant. J'avais pu ainsi, mieux accepter cette mésaventure.

C'était pourtant un jour sans histoire lorsque soudain « les freins avaient lâché » ! Sauf que, Jean-Paul, notre responsable était privé de sa voiture puisque, son épouse l'avait réquisitionnée. Toutefois, ayant un rendez-vous important avec un client sur Paris, il m'avait demandé si cela ne me dérangeait pas de l'emmener prendre son train à la gare de Juvisy/Orge. Bien évidemment, j'avais accepté de le mener en voiture jusqu'à cette gare.

Une fois sur la route, je n'avais qu'une idée, celle de mener sans encombre mon responsable à l'heure, à la gare centrale afin qu'il ait son train. Aussi, je prêtais peu d'attention au bruit que faisait la pédale de frein lorsque je l'actionnais. Parce qu'elle « couinait » ! C'était même pour moi, plutôt rassurant, cela prouvait qu'ils fonctionnaient bien ! Du moins, c'est ce que je croyais ! Et puis, mon patron me faisait confiance, il ne fallait pas que je le déçoive d'autant que je ne pouvais pas vérifier comme d'habitude le niveau du système de freinage, il fallait coûte que coûte qu'il ait son train !

Pour me rendre à Juvisy, je devais avant tout, traverser une courte distance de Nationale 7, avant de pouvoir entrer dans la ville. Mais, manque de chance, ce petit bout de Nationale était fort encombré, aussi mon patron, commençait à donner des signes d'impatience tout en regardant sa montre. Nous arrivions ainsi à la gare centrale, mon patron se dépêchant d'aller prendre son train. Quant à moi, je me montrais satisfaite du travail que je venais d'accomplir, rassurée de voir que tout s'était bien passé ! Je prenais donc tranquillement ma route en sens inverse, prête à affronter à nouveau, les embouteillages.

Tout se passait très bien, la pédale de frein ne « couinait » plus du tout, lorsqu' à un moment, arrivée à hauteur de cette fichue nationale 7, je devais activer la pédale de freins pour éviter un véhicule plus malin que les autres, qui ne voulait pas attendre derrière la longue file indienne qui se profilait à l'horizon. Ce « macho » zigzaguait dangereusement aussi, pour l'éviter, j'actionnais rapidement la pédale de frein et là, horreur, celle-ci s'enfonçait totalement mais alors, totalement dans le vide, puisqu'elle ne répondait plus, mais alors, plus du tout !

Alors là, quelle panique, je me voyais déjà emboutie contre l'autre véhicule quand, soudain, oh, miracle, je trouvais malgré tout le réflexe de saisir le frein à main qui fort heureusement fonctionnait toujours et commençais à m'en servir. Je regagnais ainsi, le cabinet d'architecte, laissant constamment ma main agrippée à mon sauveur, mon seul moyen de défense !

J'étais tellement effrayée par ce qui venait de se passer ! Inutile de vous dire que je roulais au pas, au cas où celui-ci céderait à son tour. Ma voiture garée, je m'empressais de lever le capot de ma petite Renault 5 pourtant bien mignonne et vérifiais le niveau du liquide de freinage : et là, je restais sans voix ! Il n'y avait plus rien, plus aucun liquide, tout s'était volatilisé !

Je rentrais dans le bureau préoccupée, l'air abattu à tel point que mes collègues qui bavardaient au secrétariat, s'étaient interrompus, me regardant avec inquiétude en me demandant : ça va, ça va ? Je leur répondais d'une voix basse : « j'ai plus de freins » ! Ils me regardaient interdits, et aussitôt dit, aussitôt fait, prenaient les clefs de mon véhicule et partaient tous regroupés vers mon véhicule.

Aucun ne manquait à l'appel : Jacques, Daniel, Bruno, Michel, tous allaient voir l'état de ma voiture pendant un temps qui me paraissait interminable tant j'avais hâte de savoir ce qu'ils en pensaient.

Lorsqu'ils revenaient enfin dans le bureau, ils me dévisageaient comme s'ils me voyaient pour la première fois, puis, l'air embarrassé, Jacques prenait alors la parole pour me dire : « eh bien, vous nous en avez fait une de ces frayeurs, vous auriez pu vous tuer, vous avez eu une chance inouïe d'autant que le frein à main est en « course haute » et va bientôt céder ». Et là, tous mes collègues d'un commun accord, décidaient de prendre les choses en main, en m'apportant de l'aide. Si vous aviez vu cette organisation, tout cela me rassurait ! Je n'étais plus seule face à ce sérieux problème.

Denise de son côté, faisait la navette pour venir me chercher et me ramener chez moi, tant que ma voiture n'était pas réparée. Quelle gentillesse, quel dévouement ! Comme c'était agréable de se sentir épaulée par tous ces collègues, en ces moments bien difficiles !
J'étais vraiment confuse de tout cela aussi, lorsque tout était rentré dans l'ordre, j'avais offert à tout le bureau pour les remercier de tout le mal qu'ils s'étaient donné, des viennoiseries toutes chaudes que j'avais pris la peine d'aller chercher à la boulangerie aux portes vitrées de Viry-Châtillon.

Quant à Jean-Paul, il avait tellement été marqué par cette histoire qu'il ne m'avait plus jamais demandé de le conduire quelque part.

*
* *

CONCLUSION

La seule image que j'ai gardée en souvenir de ce cabinet d'architecte c'est un grand pavillon de deux étages que nous avions occupé durant plusieurs années à Viry-Châtillon, vide désormais de tout mobilier de bureau, complètement dénudé et pour lequel j'avais été désignée pour assurer la dernière journée de permanence pour les appels téléphoniques et les visites d'éventuels clients avant que tout soit refermé à tout jamais par l'huissier désigné à cet effet.

Ainsi, tandis que mes collègues réceptionnaient le déménagement de nos bureaux dans notre nouveau local à Évry, on m'avait demandé de rester seule à Viry-Châtillon, avec tout simplement une chaise, une petite table basse et mon compagnon de tous les jours : le standard ! Mais, en ce jour fatidique, aucune ligne du standard n'avait sonné ni clignoté et personne ne s'était présenté à l'exception de deux messieurs qui étaient venus en fin de journée, pour fermer définitivement les lieux : un huissier accompagné d'un commissaire de police.

Je sortais donc avec eux, le cœur serré, leur remettais les clefs et, la porte d'entrée se refermait tristement derrière moi pour ne jamais se rouvrir !

Après Viry-Châtillon, le rideau tombait sur le mot « FIN » puisque je n'avais travaillé que quelques mois sur la ville d'Évry (endroit que je redoutais particulièrement compte tenu de l'éloignement et de l'insécurité d'un quartier sensible) !

Je dois dire non sans fierté que j'étais restée chez cet architecte durant quatorze années qui m'ont parues si belles qu'elles ont filé comme un éclair. Et j'y serais restée encore davantage, si ce n'était le licenciement économique que j'avais subi, suivi de la fermeture définitive de ce cabinet.

Et là, tous ceux que je côtoyais avec la perspective de les retrouver avec joie le lendemain, toutes ces personnes avaient disparu à jamais de mon horizon, à mon plus grand regret.

Voilà, c'était beau, c'était bien, alors,

je peux écrire le mot : FIN

© 2022, Hélène FAUQUE Édition : BoD – Books on Demand, info@bod.fr

Impression : BoD – Books on Demand, In de Tarpen 42, Norderstedt (Allemagne)
Impression à la demande

ISBN : 978-2-3224-3997-3
Dépôt légal : juin 2022